LAS TRES PREGUNTAS

Basado en un cuento de León Tolstói

Escrito e ilustrado por Jon J Muth

SCHOLASTIC INC.

New York Toronto London Auckland Sydney
Mexico City New Delhi Hong Kong Buenos Aires

Originally published in English as *The Three Questions*

Translated by Susana Pasternac.

ISBN 0-439-54564-1

Published by Scholastic Inc. SCHOLASTIC and associated logos are trademarks and/or registered trademarks of Scholastic Inc.

12 11 10 9 8 7 6 5 4 3 2   3 4 5 6 7 8/0

Printed in the U.S.A.   08

The illustrations of this book were rendered in watercolor.

Jon J Muth's portrait of Leo Tolstoy in the author's note was rendered in oil.

The text type was set in 14-point Hiroshige Book.

The display type was set in Hoefler Requiem Fine.

Book design by David Saylor.

First Scholastic Spanish printing, October 2003

A Nikolai

Había una vez un niño llamado Nikolai que no siempre sabía cuál era la forma correcta de actuar.

—Quiero ser una buena persona —les dijo a sus amigos—, pero a veces no sé cuál es la mejor manera de hacerlo.

Sus amigos lo comprendían y querían ayudarlo.

—Si encontrara la respuesta a mis tres preguntas —continuó Nikolai—, siempre sabría lo que debo hacer.

¿Cuál es el mejor momento para hacer las cosas?

¿Quién es el ser más importante?

¿Qué es lo que debemos hacer?

Los amigos de Nikolai consideraron la primera pregunta.

Entonces, Sonya, la garza, habló:

—Para saber cuál es el mejor momento para hacer las cosas, hay que planear con anticipación —dijo.

Gogol, el mono, que escarbaba entre unas hojas buscando algo para comer, dijo:

—Sabrás cuándo debes hacer las cosas si observas y prestas atención.

Entonces, Pushkin, el perro, que dormitaba, se dio vuelta y dijo:

—Tú solo no puedes estar atento a todo. Necesitas que otros te ayuden a vigilar y a decidir cuándo debes hacer las cosas. Por ejemplo, Gogol, ¡te va a caer un coco en la cabeza!

Nikolai pensó durante unos instantes.
Luego, hizo la segunda pregunta:
—¿Quién es el ser más importante?

—Los que están más cerca del cielo —dijo Sonya, revoloteando por los aires.

—Los que saben curar a los enfermos —dijo Gogol, acariciando su cabeza dolorida.

—Los que hacen las leyes —gruñó Pushkin.

Nikolai siguió pensando. Luego, hizo la tercera pregunta:

—¿Qué es lo que debemos hacer?

—Volar —dijo Sonya.

—Divertirnos todo el tiempo —dijo Gogol, entre risas.

—Luchar —ladró Pushkin al instante.

El niño se quedó pensando un largo rato. Quería mucho a sus amigos. Sabía que trataban de ayudarlo a contestar sus preguntas, pero las respuestas no le parecieron acertadas.

En eso se le ocurrió una idea.

"¡Ya sé! —pensó—, le preguntaré a Liev, la tortuga. Ha vivido muchos años y sin duda conocerá las respuestas que busco".

Nikolai subió a la montaña donde vivía la vieja tortuga solitaria.

Con mucho cuidado, el niño lo llevó hasta la casa de Liev,
y le entablilló la pata con una varilla de bambú.

La tormenta arreciaba, golpeando puertas y ventanas.
El panda se despertó.

—¿Dónde estoy? —preguntó—. ¿Dónde está mi hija?

El niño salió de la cabaña y bajó corriendo por el sendero. El rugido de la tempestad era ensordecedor. Nikolai se internó en el bosque, luchando contra el viento enfurecido y la lluvia que lo empapaba. Allí encontró a la hija del panda, temblando de frío en el suelo.

La pequeña estaba mojada y asustada, pero con vida. Nikolai la llevó a
la cabaña, la secó y la calentó. Luego, la colocó en los brazos de su mamá.

Liev sonrió cuando vio lo que el niño había hecho.

A la mañana siguiente, el sol calentaba, los pájaros cantaban, y el mundo andaba a las mil maravillas. La pata de la mamá panda sanaba poco a poco, y ésta le agradeció a Nikolai por haberlas salvado de la tormenta.

En ese momento llegaron Sonya, Gogol y Pushkin para asegurarse de que todos estaban bien.

Nikolai sintió una gran paz interior. Tenía amigos maravillosos. Había salvado al panda y a su bebé, pero al mismo tiempo se sentía desilusionado. Todavía no había encontrado las respuestas a sus tres preguntas. Así que le preguntó a Liev una vez más.

La vieja tortuga miró fijamente al niño.

—Pero, ¡si ya has encontrado las respuestas! —le dijo.

—¿Cómo que he encontrado las respuestas? —preguntó el niño.

—Si ayer no te hubieras compadecido de mí y no te hubieras quedado para ayudarme a labrar mi huerto, no habrías oído los gritos del panda que pedía ayuda en medio de la tormenta. Por lo tanto, el momento más importante fue el que pasaste cavando en el huerto. En ese momento, el ser más importante era yo y lo más importante era ayudarme en el huerto.

»Luego, cuando encontraste al panda herido, el momento más importante fue el que pasaste curándole la pata y salvando a su hija. Los seres más importantes eran el panda y su bebé. Y lo más importante era ocuparse de ellos y cuidarlos.

»Recuerda entonces que sólo hay un momento importante y ese momento es ahora. El ser más importante es siempre el que está a tu lado. Y lo más importante es hacer el bien. Ésas son, mi querido niño, las respuestas a lo que es más importante en este mundo.

»Y esa es la razón por la que estamos aquí.

Nota del autor

Hace muchos años, encontré una referencia a "Las tres preguntas" en un libro de Thich Nhat Hanh, Maestro de Zen vietnamita. Cuando leí el cuento por primera vez, fue como si sonaran campanas doradas en mi interior, recordándome que conocía este cuento de memoria. Algunos libros son así y esto siempre me sucede con el escritor León Tolstói.

El cuento original no trata de un niño y de sus amigos animales, sino de un zar que busca respuestas a "tres preguntas" y su experiencia es muy diferente. En lugar de salvar a un panda y a su hija, salva involuntariamente a alguien que trata de hacerle daño. Al salvar a su enemigo, crea una profunda conexión con otro ser humano. Aconsejo encarecidamente a los lectores interesados en cuentos de intrigas que lean el cuento original de León Tolstói.

Yo he querido contar esta historia a lectores jóvenes y por ello es, en cierto modo, diferente a la de Tolstói. Me gustaría pensar que él se sentiría complacido con este cuento y que lo haría sonreír.

Los animales que representan a los personajes toman sus nombres de muchas personas. Pushkin y Gogol son los nombres de dos escritores rusos famosos. Sonya es el nombre de la esposa de Tolstói. Nikolai es el nombre del hermano de León Tolstói y también el de mi hijo, que sirvió de modelo para este personaje. Para crear a Pushkin, me inspiré en mi perro, Raymond. Mi hija Adelaine es la cría del panda. Y el nombre ruso Liev, es León en español, y por supuesto, representa al propio Tolstói.

El conde León Tolstói (1828–1910) fue uno de los más grandes novelistas de Rusia y uno de sus filósofos y reformadores sociales más influyentes. Fue el célebre autor de *Guerra y paz* (1865–1869) y de *Ana Karenina* (1875–1877), y un destacado pensador del siglo XIX. Su cuento "Las tres preguntas", en el que se basa este libro, se publicó en 1903.